la courte échelle

Les éditions la courte échelle
Montréal • Toronto • Paris

Bertrand Gauthier

Né le 3 mars 1945 à Montréal, Bertrand Gauthier est le fondateur des éditions La courte échelle. Il a publié plusieurs livres pour enfants: *Etoifilan, Hou Ilva, Dou Ilvien* et *Hébert Luée* qui a gagné le prix du Conseil des Arts en 1980. Par la suite, il a écrit *Un jour d'été à Fleurdepeau* et *Zunik* pour lequel il a gagné le prix belgo-québécois (meilleur livre pour enfant publié au cours des dix dernières années au Québec). Chez Libre Expression, il a publié deux romans pour adultes: *Les amantures* (1982) et *Le beau rôle* (1984).

Son projet le plus immédiat? Courir le prochain marathon de Montréal. Pour le plaisir de se sentir en forme. Et de l'être.

Gérard Frischeteau

Né le 2 septembre 1943, Gérard Frischeteau a illustré plusieurs livres sur les animaux et conçu de nombreuses affiches: prévention du cancer, hébergement olympique, produits laitiers, écologie, etc... Il a aussi réalisé quelques films d'animation (commerciaux pour la télévision et courts métrages à contenu éducatif). Gérard Frischeteau collabore également au magazine *L'Actualité*.

Sinon, il aime les chats... et les promenades en canot, par un beau jour de fin d'été, pour le plaisir de se sentir bien.

Les éditions la courte échelle inc.
5243, boul. Saint-Laurent
Montréal (Québec) H2T 1S4

Conception graphique:
Derome design inc.

Dépôt légal, 3e trimestre 1985
Bibliothèque nationale du Québec

Données de catalogage avant publication (Canada)

Gauthier, Bertrand, 1945-

Ani Croche

(Roman Jeunesse ; 1)
Pour les jeunes.

ISBN 2-89021-054-5

I. Frischeteau, Gérard, 1943- . II. Titre. III. Collection.

PS8563.A847A74 1988 jC843'.54 C86-000661-1
PS9563.A847A74 1988
PZ23.G3An 1988

Bertrand Gauthier

ANI CROCHE

Illustrations
de Gérard Frischeteau

à Anisara

Chapitre I

Je ne suis plus une enfant. Après tout, j'ai dix ans.

Facile à dire. Plus difficile à comprendre.

J'ai beau leur dire, j'ai beau leur crier, ils ne veulent rien entendre. La vérité, c'est qu'ils ne tiennent pas à m'écouter. Ils ne sont pas là pour ça. Je sais quoi faire pour les rendre heureux. Rien de plus simple. Il me suffit de leur obéir aveuglément. Je dois également éviter toutes les questions qui pourraient les embêter. C'est à moi de deviner.

Et puis, de toute façon, ils n'ont jamais le temps. Ni de m'écouter, ni de s'écouter entre eux. Si j'ai bien compris, c'est pour cette raison qu'ils se sont séparés. Ils ne s'entendaient pas très bien. J'étais très jeune quand c'est arrivé. J'avais trois ans et demi, je crois. C'est donc normal que je ne me souvienne pas beaucoup de ce temps où mes parents ont habité ensemble.

Quelquefois, ma mère veut s'expliquer. J'en profite pour l'écouter. Elle me raconte pourquoi elle n'aime plus mon père. Je me montre vivement intéressée et j'essaie de la comprendre. Quand j'ai l'air de me passionner pour ses histoires d'amour, je sens que ma mère m'aime. Et j'y tiens, à l'amour de ma mère. Mais ce n'est pas toujours aussi simple.

Vendredi dernier, par exemple.

Elle voulait que j'aille passer la fin de semaine chez mon père. Moi, je n'y tenais pas. Ce n'est pas que je n'aime pas mon père, loin de là. Non, j'avais plutôt envie de rester chez moi, avec ma mère. J'avais le goût de deux grandes journées de flânerie à la maison, dans ma chambre en désordre. Après tout, il se peut que leurs horaires ne fassent pas toujours mon affaire.

Madame ne l'entendait pas ainsi. Il fallait la voir piquer une de ces colères. Heureusement, je ne suis pas naïve et je commence à connaître ma mère. Depuis quelque temps, je sais très bien pourquoi elle s'agite ainsi. C'est toujours la même chose quand elle a un nouvel ami. Oui, oui, elle est amoureuse. Et quand elle devient amoureuse, elle ne m'aime plus. Moi, je n'existe plus pour

elle. À la poubelle, Ani. Ou va-t'en chez ton père. Et le plus souvent sera le mieux.

Je ne sais pas si toutes les mères agissent ainsi avec leurs enfants. J'espère que non. Ma mère, en tout cas, n'est pas un exemple à donner aux autres. Le pire dans tout ça, c'est qu'elle semble trouver ses réactions tout à fait normales. Elle va même jusqu'à m'accuser de vouloir l'empêcher de vivre. C'est bien mal me connaître. Et puis, dans le fond, c'est plutôt elle qui veut toujours m'empêcher de vivre.

Tout d'un coup, madame a un amoureux et je dois déguerpir. Elle a besoin de tranquillité. Aussitôt ses quatre volontés dites, aussitôt faites. La maison doit alors devenir un endroit calme et romantique où elle pourra faire l'amour avec son nouveau chéri. Vraiment, ma mère exagère. Quand elle s'excite comme ça, elle m'agace. Mon père, lui, quand il est en amour, n'est pas aussi agaçant. Vraiment pas.

D'ailleurs, j'aime mieux quand mon père est amoureux. La plupart de ses amies sont gentilles avec moi. Surtout celles qui n'ont pas d'enfant. Elles s'occupent de moi souvent mieux que ma vraie mère. Mais je suis prudente dans ces situations délicates. Je ne veux pas que Lise – c'est le nom de ma mère – s'imagine que j'aime une autre femme plus qu'elle. Alors je trouve toutes sortes de défauts à mes mères d'adoption. Lise semble heureuse de m'entendre me plaindre des compagnes de mon père.

Ma mère accepterait mal que j'en aime une autre autant qu'elle. Sous ses dehors de femme libérée, elle est très possessive. Je connais le scénario. Quand elle va se retrouver seule, son amour maternel va resurgir de plus belle. Pour elle, je vais alors recommencer à exister. Et je ne l'empêcherai plus de vivre. Au contraire, je deviendrai même sa raison de vivre. Pourtant, ma mère sait bien que ses amours finissent toujours par de grosses peines. Et ça ne l'empêchera pas de recommencer à la prochaine occasion. Allez donc y comprendre quelque chose.

Avec mon père, c'est vraiment différent. Quand il est seul, il devient vite maussade, nerveux, impatient et agaçant. Il semble déprimé et il ne s'occupe même pas de remplir un peu le réfrigérateur. Je me retrouve souvent à manger des raisins secs et des noix. J'aime bien, mais de temps en temps. Les noix ont beau être mélangées, elles goûtent tout de même les noix.

C'est décidé.

La prochaine fois que je vais chez mon père, j'apporte des sandwiches. Je n'ai rien contre les pique-niques à la condition de m'y préparer. Avec de tels parents, la souplesse, ça me connaît. Là, dans le cas de mon père, j'admets que j'exagère un peu.

Depuis quelque temps, même s'il n'est pas en amour, il est plus calme que d'habitude. René – c'est le nom de mon père – a une idole. Il ne jure que par elle. C'est une toute petite femme qui se nomme Alexina Garot et qui court à la vitesse de l'éclair. Mon père s'est mis dans la tête de l'imiter. Il veut absolument s'entraîner pour courir le prochain marathon de Montréal.

Dès le début de sa nouvelle carrière, René est devenu végétarien. Il croit pouvoir retrouver l'excellente forme physique de son adolescence. Je lui souhaite d'y arriver. Après tout, il est à l'âge où l'on commence à vouloir rajeunir. Si c'était possible, je lui emprunterais bien quelques années. Elles me seraient sûrement plus utiles qu'à lui.

De ce temps-ci, mon père est donc de meilleure humeur. Et chose inhabituelle, en fouillant dans le réfrigérateur, je peux y retrouver du yogourt, du fromage de chèvre

MONT

et des carottes. Ce n'est pas le grand festin mais c'est tout de même mangeable. Et puis, il est tellement attendrissant quand il se passionne pour quelque chose.

Il s'est acheté une vidéocassette d'Alexina Garot. En cinq minutes, elle donne le secret de sa réussite. L'autre jour, je l'ai écoutée avec mon père. Ce n'est pas très compliqué comme principes de base. Il suffisait d'y penser et c'est ce qu'elle a fait.

— La clé, c'est de partir du bon pied. Si vous gravez ce principe dans vos souliers, vous deviendrez aussi vifs que l'éclair. Et bien sûr, il ne faut jamais oublier de courir en avant. Je me résume: partir du bon pied et en avant sont les deux clés de la réussite. Quand vous hésitez, n'oubliez jamais le proverbe: qui n'avance pas recule. Sur ce, je souhaite une bonne course à tout le monde. Au plaisir de vous rencontrer dans les rues de Montréal, de New York, de Tokyo ou d'ailleurs.

Ce n'est pas mon style de vidéo-clip. J'aime mieux celui de la belle Cyndi Sanspeur ou celui du groupe Pink Punk. D'ailleurs, je verrais très bien Alexina Garot avec des cheveux bleus. Le bleu de ses souliers de course. Blague à part, je serai très fière de mon père s'il arrive à courir son marathon. Même si je le trouve un peu vieux pour s'essouffler autant. Mais il ne semble pas se voir ainsi. Heureusement pour lui.

Au fond, c'est Olivia qui me comprend le mieux.

Olivia, c'est ma poupée bien-aimée. Je lui parle souvent, mais je dois maintenant le faire en cachette. Je ne veux pas passer pour un bébé car les adultes simplifient tout. Si vous jouez à la poupée, vous êtes aussitôt un bébélala. Ils n'y comprennent vraiment rien. Alors va pour les confidences à Olivia, mais seulement dans l'intimité la plus stricte.

Souvent, avant de m'endormir, je vais la chercher sous le lit et la couche avec moi. J'aime la serrer très fort dans mes bras. Sans retenue, je lui livre des secrets. Je sais qu'elle m'écoute et me comprend. Ça me fait tellement de bien de me laisser aller aux confidences.

— Tu es bien chanceuse, toi, de ne pas être forcée de grandir. Moi, je n'ai pas le choix. Tu sais, Olivia, ce que j'aimerais bien? Ce serait de pouvoir grandir tout en restant une petite fille. C'est sûr, j'ai hâte d'être adulte pour avoir enfin de l'argent. Et pour pouvoir acheter mes disques préférés, des vêtements à mon goût, sortir dans les discothèques et les restaurants. J'ai hâte aussi d'aller au cinéma pour y voir tous les films et pas seulement les films pour tous. J'aurai ma maison et un bel amoureux. En tout cas, il sera plus beau que le dernier ami de ma mère. Et plus gentil aussi. Dans ma maison, il y aura des plantes et un aquarium. Je me paierai une belle auto rouge pour promener mes deux chiens blancs... Mais non, Olivia, ne sois pas si triste. Tu sais bien que je ne t'abandonnerai pas.

Je n'aime pas ça quand Olivia devient triste. Ça lui arrive de temps en temps. Pour la consoler, j'ai eu l'idée de lui composer une chanson. J'ai commencé à l'écrire. Maintenant, je lui chante souvent ma première création. Ça l'endort doucement puisque c'est une berceuse. Olivia, vraiment, tu es la poupée la plus gâtée que je connaisse. Et j'en connais, crois-moi.

Berceuse pour Olivia

Du haut
de mes talons hauts
je veux voir le monde
tout beau, tout beau.

Du fond
des galaxies
je veux chanter ma vie
ravie, ravie.

Au coeur
de cette mélodie
je vois le temps
qui glisse lentement.

Mais toi
ma chère Olivia
ne t'inquiète pas
je ne t'oublierai pas.

Chapitre II

Avec Olivia, je partage une autre passion: la lecture de bandes dessinées. Je suis une véritable mordue de ces histoires racontées en images. Même quand je ne savais pas lire, je plongeais dans les mésaventures de mes héroïnes. Depuis longtemps, j'ai ma favorite. C'est une vietnamienne qui connaît bien le karaté et la débrouillardise.

Il faut voir Chu Tan Hée poursuivre inlassablement la puce aérobique, l'ennemie publique numéro un. Que ce soit dans le désert du Saran Wrap, sur la planète Marx ou au pays du Calife Fourchon, ses aventures sont toujours captivantes. Elle s'habille souvent comme une extra-terrestre et ça lui va bien. Ne lâche pas, Chu Tan Hée, tu finiras bien par vaincre la puce aérobique.

Simon ne serait pas d'accord. Il dit qu'il aime mieux la puce aérobique que Chu Tan Hée. Dans la cour d'école, il rit de moi

ANI!
LES AVENTURES DE
CHU TAN HÉE

parce que je m'inquiète pour mon héroïne. Il raconte aux autres que Laurent Outan, son héros préféré de bande dessinée, ne ferait qu'une bouchée de Chu Tan Hée. De toute façon, je sais pourquoi il dit ça. Il est jaloux. Il cherche à attirer mon attention parce qu'il est amoureux de moi. Ça se voit. De mon côté, je ne suis pas tellement intéressée à lui.

Ma passion pour la bande dessinée a cependant failli me coûter cher. Très cher. Quand j'étais bébé, à l'âge de huit semaines, j'aurais pu mourir de faim. Ce n'est pas une blague. Heureusement, le brillant docteur Frank Einstein a fait une découverte étonnante qui m'a sauvé la vie. C'est ce que mes parents m'ont raconté. J'étais un peu jeune pour me souvenir de tout ça.

Ce jour-là, donc, même si j'avais très faim, je refusais de prendre le sein de ma mère. À juste titre, Lise s'inquiétait. Elle se disait que je devais être bien malade pour refuser ainsi de me nourrir. Aussitôt, elle s'est rendue à l'urgence d'un hôpital. Arrivé là, comme par enchantement, j'ai sauté sur le sein de ma mère et me suis régalée de bon lait. Bien gavée, je me suis ensuite endormie paisiblement. Les médecins avaient beau me scruter, ils ne trouvaient rien d'anormal.

— Bizarre, bizarre, extrêmement bizarre, disaient-ils tous.

Pendant que ses confrères fouillaient dans leurs gros dictionnaires, le jeune Einstein lisait une bande dessinée. De temps en temps, il pouffait de rire. Le docteur Théo Ric, doyen des médecins, s'en est alors pris ouvertement au laisser-aller du jeune Frank.

— Si monsieur Frank Einstein ne veut pas chercher avec nous, c'est bien son affaire. Mais il pourrait au moins éviter de nous rire en pleine face.

— Mais voyons, je ne ris pas de vous. Je lis des bandes dessinées souvent très drôles. Et puis, messieurs, je tiens à vous le dire, vous perdez votre temps dans vos gros livres poussiéreux. Allons, il faut se grouiller et être moderne. Ça saute aux yeux. Cette enfant souffre du *viriusbandiusdessinimius*.

— Quoi? s'exclamèrent alors les médecins en choeur. De quoi souffre cette enfant?

Calmement, Frank répéta ce qu'il avait dit. Il affirma même être en mesure de le prouver. Ses collègues le prirent alors au mot dans l'espoir de démasquer ce jeune prétentieux. Le docteur Ric se réjouit de la tournure des événements.

— Enfin, votre fumisterie éclatera au grand jour! lança-t-il au jeune médecin. C'est bien connu, les blancs-becs de votre espèce ont toujours besoin de prouver qu'ils sont meilleurs que leurs aînés. Quand on est jeune, on s'imagine tout savoir. Moi aussi, j'ai été jeune et aussi arrogant que vous. Foi de Ric, vous finirez bien par vous calmer. Et le plus tôt sera le mieux. Car, en trente ans de profession, je n'ai jamais entendu un diagnostic aussi farfelu que ce *Machiniuslatiniusnautiliusetcaeterius*...

Le lendemain après-midi, il y avait beaucoup d'agitation dans le stationnement du *McDonald's Baby's Own Hospital*. Tous les membres de la confrérie médicale se préparaient à se rendre à mon chevet. Vers trois heures, la caravane se mit en branle.

Cette arrivée massive d'hommes et de femmes en blanc créa tout un émoi dans le quartier. Chacun interrogeait son voisin pour savoir ce qui se passait chez les Croche. Ma mère n'attendit pas que l'on sonne à la porte et s'empressa d'ouvrir aux visiteurs. Lise semblait heureuse de cette visite bien spéciale. Elle se disait qu'avec tous ces spécialistes, la maladie de son nourrisson n'avait qu'à bien se tenir.

Poli et bien élevé, le jeune Einstein commença par demander la permission de préparer le café. Il en fit pour tout le monde. On sentait que les confrères de Frank trépignaient d'impatience. Le café servi, le jeune médecin se tourna alors vers ma mère et l'invita à s'exécuter. Ensuite, il lui expliqua qu'elle devait s'asseoir au même endroit que d'habitude.

— C'est essentiel à la bonne marche de l'expérience, précisa-t-il. Avec la science, vous comprenez, il n'y a pas d'à peu près.

Ma mère s'installa alors dans son fauteuil de cuir souple, en plein milieu du salon. Pendant que Frank vint me chercher dans mon berceau, Lise dégrafa son soutien-gorge. C'était vraiment le moment crucial. Sans aucune exception, tous les regards étaient fixés sur moi. Qu'allais-je faire? Allais-je me nourrir? Eh bien, non. Je ne cherchais pas à prendre le sein de ma mère. Je semblais plutôt regarder quelque chose sur la table du salon. Mais allez donc deviner ce qui trotte dans la tête d'un bébé de deux mois. Encore une fois, sans le savoir ni le vouloir, je faisais pleurer ma mère.

— C'est comme d'habitude, vous voyez bien ce qui arrive. Elle ne veut pas de mon lait. Moi, je veux bien la nourrir mais elle ne veut pas être nourrie. C'est bien décourageant pour une mère.

Frank Einstein observait silencieusement la scène. Tout en fouillant dans leurs paperasses, ses confrères gesticulaient. Fébrilement, ils cherchaient à savoir ce qui pouvait bien se passer. Le jeune docteur se leva alors et se dirigea vers la table du salon. Il en retira tout ce qui s'y trouvait: un cendrier, deux crayons, un journal et trois bandes dessinées.

Aussitôt, à la surprise générale, j'ai sauté sur le sein disponible de ma mère et l'ai tété goulûment. Fier de son succès, Frank sourit gentiment au docteur Ric pendant que je retrouvais les plaisirs de bien me nourrir.

— Ça ne prouve rien, lança le docteur Ric.

Calmement, Frank alla replacer le cendrier, les deux crayons et le journal sur la petite table du salon. Comme si de rien n'était, je continuais à téter. Puis il glissa sur la table les trois bandes dessinées. J'ai arrêté net de me nourrir et je me suis mise à regarder la table. C'est alors que le docteur Einstein expliqua à ses collègues médusés ce qui venait de se produire une deuxième fois sous leurs yeux.

— Vous avez sans doute remarqué que j'ai retiré trois bandes dessinées de la table du salon. Elles étaient ouvertes en plein milieu. C'est un phénomène récent que ce *viriusbandiusdessinimius* ou plus simplement nommé virus de la bande dessinée. Il est d'ailleurs quasi incontrôlable. À son sujet, on parle de plus en plus d'une épidémie planétaire. Mais ce qui est nouveau, c'est que le virus frappe maintenant les jeunes enfants et les bébés.

Frank Einstein s'arrêta un instant. Il s'approcha de moi et me sourit. C'est ce qu'on m'a dit. Il continua ensuite son brillant exposé.

— Je dois admettre que le cas d'Ani est plutôt rare mais il existe néanmoins. Avec une bande dessinée sous les yeux, il lui devient impossible de se nourrir. Complètement envahie par l'image, elle n'a pas conscience que son repas l'attend. En retirant la bande dessinée de son environnement, tout redevient normal. Comme tout le monde, elle cherche alors à se nourrir. Ce n'est pas plus compliqué que ça.

— Mais, docteur, le traitement doit être bien compliqué, s'inquiéta alors ma mère. Je ne peux tout de même pas détruire toutes les bandes dessinées de la planète.

— Au contraire, chère madame, le traitement est très simple, précisa le jeune médecin. Il ne faut voir aucune bande dessinée dans la pièce où vous nourrissez votre bébé. Par contre, vous pouvez lui en lire. Je vous conseille même de tapisser sa chambre des images de ses héros préférés. Ainsi vous vous assurerez qu'elle dormira bien tout en faisant de beaux rêves.

J'aurais bien aimé connaître ce bon docteur Frank Einstein qui m'a sauvé la vie. Maintenant qu'il est devenu une vedette de cinéma, je ne sais pas s'il se souviendrait de moi. En tout cas, il ne me reconnaîtrait sûrement pas. J'ai tellement grandi. Et puis, je trouve que tous les bébés se ressemblent. C'est bien difficile de savoir lequel est lequel.

Moi, j'ai vu tous les films de Frank Einstein. Même s'il fait de grands efforts, il n'arrive pas à me faire peur. J'ai plutôt tendance à rire quand je l'entends se fâcher. Si je le rencontre par hasard, je vais lui dire qu'il serait bien meilleur dans une bande dessinée qu'au cinéma. Au fond, je ne comprendrai jamais pourquoi il a abandonné la médecine. C'est monstrueux de nous priver de son immense talent. Il aurait pu faire d'autres découvertes aussi importantes que le *viriusbandiusdessinimius*.

Je vais lui écrire pour le lui dire. En même temps, je pourrais le remercier de m'avoir sauvé la vie. Je devrais aussi glisser dans l'enveloppe une photo récente de moi. Ainsi, s'il me croise quelque part, il me reconnaîtra. Allez, il n'y a pas une minute à perdre.

Je lui écris. Tout de suite.

Chapitre III

J'ai dû m'endormir.

À mon réveil, ce matin, Olivia était par terre. Comme d'habitude, je l'ai sûrement poussée en dehors du lit. J'ai toujours eu le sommeil très agité. Je crois que j'ai rêvé. J'étais au cinéma et les personnages sortaient de l'écran pour venir me parler. Même le comte Dracula et Frankenstein étaient sympathiques. Drôle de rêve!

Aujourd'hui, j'ai une bonne raison d'être heureuse: c'est jour de congé. Les professeurs ont de l'école mais pas nous. Une autre de ces journées pédagogiques que j'aime tant. Mais ma mère n'est pas du même avis. Lise n'aime pas ces jours de congé placés au beau milieu de la semaine. Dans ces cas-là, je dois me garder toute seule. Ça rend ma mère nerveuse.

Pourtant, elle voit que je ne suis plus une enfant. Elle sait bien aussi que j'ai plus de maturité que la plupart des jeunes de mon âge. Mais elle s'inquiète beaucoup, spécialement lors de ces journées pédagogiques. Ça lui est bien difficile de me faire confiance. Elle me sert toujours le même argument massue.

— Tu me comprends, avec tous ces enlèvements d'enfants, comment veux-tu que je ne m'inquiète pas?

Pour la rassurer, je lui explique que je suis prudente. Et puis, je l'admets, je ne suis pas vraiment peureuse. Si on cherchait à m'enlever, je saurais me défendre autant que Chu Tan Hée. Si j'écoutais toujours ma mère, j'aurais peur de tout. Ce n'est pas mon genre. Je suis plus courageuse que Simon qui fait son vantard dans la cour d'école. L'autre jour, je l'ai vu faire. Au lieu de se battre, il s'est sauvé. Le peureux!

Je l'ai déjà dit et je le répète: je comprends ma mère. Là n'est pas le problème. C'est elle qui ne tient pas à me comprendre. C'est simple à expliquer: ou elle a toujours raison ou elle n'a jamais tort. Avec Lise, c'est la règle du jeu.

Hier matin, elle s'est encore fâchée. Pour rien. De toute façon, elle n'est jamais de bonne humeur le matin. C'est toujours moi qui écope de ses colères injustifiées.

— Approche donc, toi. C'est bien ce que je pensais. Tu ne trouves pas, Ani, que tu es un peu jeune pour commencer à te maquiller?

Je m'étais fait un léger trait de crayon noir au-dessus des yeux. Ça n'a rien à voir avec le maquillage. J'ai beau connaître de mieux en mieux ma mère, je n'arrive pas à m'habituer à ses exagérations. Avec mon père, on ne se chamaille pas autant. Il ne cherche pas continuellement à me prendre en défaut. On dirait que ma mère veut m'exaspérer à tout prix. Parfois, elle réussit. Je suis bien obligée de me défendre.

— Mais, voyons, maman, les temps ont bien changé. Et ce n'est pas un petit coup de crayon qui…

— Ani, tu es trop jeune pour commencer à te maquiller, a-t-elle répété en me coupant la parole. Il y a un âge pour chaque chose. Tu as toute la vie devant toi. Alors, prends ton temps.

En plus, au lieu de m'écouter, elle s'applique à me faire la morale. J'en viens à imaginer pourquoi mon père ne veut plus habiter avec elle. J'ai hâte d'avoir un appartement pour pouvoir me maquiller à mon

goût. Ma mère veut toujours m'expliquer des choses que je ne comprends pas.

— Tu as l'âge de savoir, Ani, que se maquiller, c'est accepter de devenir un objet sexuel. Et ce n'est pas très réjouissant quand on pense à ça. Et puis, m'as-tu déjà vu avec du maquillage?

Ça, je le concède, elle ne se maquille jamais. Mais il faut la voir quand elle tente de séduire un nouvel ami. Elle se trémousse tellement qu'elle en devient ridicule. Dès l'arrivée du prince charmant, elle roucoule comme un pigeon. C'est normal. Pour elle, tout est toujours permis. Même de me faire peur en faisant l'amour en pleine nuit.

J'étais jeune. Je devais avoir quatre ans et demi. Cette nuit-là, je m'étais éveillée en sursaut. Il y avait des cris dans la chambre de ma mère. Ça ressemblait à de longs gémissements. Un instant, j'ai pensé qu'on la battait. Je me suis précipitée vers la porte de sa chambre et j'ai frappé de toutes mes forces. Je criais mon désespoir: «Maman! Maman!»

Elle est venue m'ouvrir et m'a consolée. L'étranger qui était dans son lit souriait. Je me suis lancée sur lui et je l'ai mordu à la cuisse. Je vengeais ainsi ma mère qu'il faisait souffrir. En plus, cet homme n'avait pas d'affaire là, dans le lit, à la place de mon père. J'étais très fière de l'entendre hurler de douleur. Justice était rendue.

Par la suite, on a parlé souvent de cette nuit orageuse. Ma mère m'expliquait qu'elle aimait bien exprimer son plaisir lorsqu'elle faisait l'amour. Encore aujourd'hui, j'avoue que je ne comprends pas très bien l'idée de gémir autant quand on a du plaisir. Moi, le plaisir, ça me fait plutôt rire. Il faut croire que le plaisir fait crier ma mère. Même là-dedans, je pense que Lise exagère. De toute évidence, c'est son style.

Comme d'habitude, avant son départ pour le travail, Lise est venue me faire ses dernières recommandations. Elle devait se dépêcher, elle était déjà en retard. Je lui ai dit de ne pas s'inquiéter et je l'ai embrassée.

— Je vais aller chez Simon écouter de la musique et on ira peut-être voir grand-mère Alice cet après-midi. Ne t'en fais pas, je saurai bien m'occuper.

Avec tout ça, il était déjà neuf heures.

Lise partie, j'ai aussitôt téléphoné à Simon.

— Qu'est-ce qu'on fait aujourd'hui,

Ani?

C'est toujours ainsi. Longtemps d'avance, Simon rêve à ses belles journées de congé. Quand elles arrivent, il ne sait jamais quoi en faire. C'est souvent moi qui décide. Aujourd'hui, ça me fait plaisir d'avoir à choisir. Je sais très bien ce que nous allons faire de notre journée.

— Je déjeune et je vais te chercher, Simon. Dans une demi-heure, je sonne chez toi. Sois prêt. On trouvera bien des choses à faire.

J'ai raccroché et j'ai couru m'habiller. Je me sentais bien. Enfin! mon heure était arrivée. Depuis quelques semaines, je mûris un plan bien précis pour l'occupation de ma journée pédagogique. Je n'ai pas voulu le dire à Simon. S'il connaissait mon projet, il refuserait sûrement de me suivre. Le peureux!

De retour dans la cuisine, je me suis versé un grand verre de jus d'orange. J'étais excitée, ça se voyait, ma main tremblait un peu. Je n'avais pas très faim. Je me suis contentée d'une rôtie au beurre d'arachides. Ma mère est bien gentille, elle m'a laissé cinq dollars. Si j'ai faim, je pourrai manger en cours de route.

Quinze minutes après le coup de téléphone, j'ai sonné chez Simon. Je savais déjà qu'il ne serait pas prêt. J'ai toujours été plus rapide que lui. C'est dans ma nature: j'aime que les choses aillent vite et bien. Mais là, vraiment, Simon dépassait les bornes. Il était encore en pyjama.

— Vraiment, Simon!

— Écoute, Ani: ou bien tu es une ultra-rapide ou bien je suis un super-lent.

— Laisse faire ça et va t'habiller. J'ai de très bonnes idées pour notre journée. Je t'en parlerai. Allez, grouille-toi. Je serai dehors.

En l'attendant, je me suis assise dans les marches de l'escalier. Je sentais mon coeur battre plus vite que d'habitude. Tout en observant un chien du voisinage qui tournait tristement dans son enclos, je me suis mise à chantonner.

Courez, courez
pauvres chiens prisonniers
Courez, courez
vers la grande liberté.

Tournez, tournez
astronautes légers
Tournez, tournez
autour de la planète aimée.

Ouvrez, ouvrez
vos yeux étonnés
Ouvrez, ouvrez
vers la vie rêvée.

Riez, riez
à gorge déployée
Riez, riez
bébés enjoués.

Venez, venez
les beaux étés
Venez, venez
nous dorloter.

Chapitre IV

Une demi-heure plus tard, Simon et moi nous nous baladons dans l'avenue du Mont-Royal. Nous faisons des grimaces dans le dos des passants. C'est bien amusant.

En passant devant *La Perle du Plateau*, nous décidons d'y entrer. Je paie un Coca-Cola et un sac de chips à Simon. Après tout, j'ai les moyens. Moi, je me régale d'une orangeade et d'une tablette de chocolat. Un festin de reine, quoi! Ça nous change du yogourt, du jus de pommes, des fruits et du pain brun.

La collation terminée, il est maintenant dix heures trente. Selon mon plan, il faut se diriger en métro vers le Vieux-Montréal. Tout en rassurant Simon, je dois le presser de me suivre.

— Allez, viens-t'en, tu ne le regretteras pas.

— Mais où veux-tu donc m'emmener? s'inquiète Simon.

MODE
Mont Royal
SPÉCIAL

— Simple comme bonjour. On prend le métro et on s'en va dans le Vieux-Montréal visiter un château. Aussi beau et aussi vieux que dans les contes de fées.

En même temps que je lui raconte tout ça, je lui souris. D'un pas rapide, je me dirige vers la station de métro. Simon doit se demander ce que je mijote. Je sens bien qu'il ne croit pas un mot de cette visite d'un beau château du Vieux-Montréal. Mais je sais qu'il adore prendre le métro. Et aussi, il faut bien le redire, il m'aime beaucoup. Il n'hésite donc pas à me suivre. S'il veut être avec moi, il n'a guère le choix.

Dans le métro, il y a plus d'agitation que d'habitude. Normalement, à pareille heure du jour, c'est plutôt calme. Maintenant, dans les stations, il y a des musiciens. Ça met de la gaîté et j'aime bien ça. Les gens ont l'air tristes. On dirait que le métro les rend maussades. À part les jeunes, bien sûr. On sait mettre de la vie là-dedans.

On envahit les wagons et on anime le monde avec nos cris et nos rires abondants. Si on bouge tout le temps, c'est parce qu'on est vivant. On ne cherche pas à s'effacer. On le sait bien qu'on dérange beaucoup d'adultes. Mais on s'en fiche. On fait tout pour ne pas passer inaperçu et on n'a pas l'intention de changer. À nous aussi, la vie nous appartient. Il ne faut pas se gêner pour se faire entendre. Même si c'est fort.

En cette journée pédagogique, je me suis décidée à aller parler aux adultes. Et pas n'importe où. Si je me dirige vers le Vieux-Montréal, c'est dans un but très précis. J'ai certaines représentations à faire au *Conseil des Adultes Responsables*. Je veux leur préciser certaines petites choses que je trouve bien injustes pour les jeunes de mon âge.

À notre âge, on ne peut jamais rien faire. Je veux que ça change et je prends le taureau par les cornes. Aux grands maux, les grands moyens. Je me prends au sérieux autant que les adultes. Le wagon s'immobilise à la station Champ-de-Mars. Me voilà presque rendue. Je prends Simon par le bras et l'entraîne avec moi hors de la station.

D'un pas décidé, je me dirige vers un édifice vieillot. C'est vrai que le bâtiment ressemble à un château emprunté à un conte de fées. C'est pourtant un endroit où se prennent les grandes décisions de la société.

— Tu vois ce que je t'avais dit, Simon, c'est un beau château comme dans les…

— Écoute, Ani, me coupe aussitôt mon ami. Je connais très bien cet édifice. C'est le *Palais des Décisions Suprêmes* où siège le *Conseil des Adultes Responsables*. Ça n'a rien à voir avec les châteaux des contes de fées. Et, en plus, on n'a pas le droit de le visiter durant la semaine. Tu le sais. Les adultes sont toujours en réunion du lundi matin au vendredi soir et on ne peut pas les déranger. Alors, Ani, veux-tu bien me dire ce qu'on est venu faire ici?

Je ne l'écoute plus. Moi, je sais ce que je suis venue faire ici. Quant à Simon, il l'apprendra bien assez vite. Je ne lui réponds donc pas. De toute façon, je suis occupée à lire une inscription juste au-dessus de la porte du *P.D.S*. Elle va ainsi:

Veuillez frapper et attendre.
Puis souhaitez vivement qu'on vous ouvre.

Sans attendre, je m'exécute. D'ailleurs, habituellement, quand j'hésite, je me lance un S.O.S. Pour moi, ça veut dire: Savoir Oser Souvent. Nous n'avons pas à attendre longtemps avant qu'on vienne nous répondre.

Un portier entrouvre la porte et me scrute

du regard. Aussi longuement que si j'étais une terroriste armée jusqu'aux dents. Quand il regarde Simon, il a l'air moins méfiant. Le métier de cet homme est de veiller sur les portes et il semble s'acquitter très bien de sa tâche. Finalement, il semble rassuré. Il nous propose alors d'entrer.

Ensuite, il referme derrière nous et remet le cadenas doré.

— Vous comprenez, c'est pour éviter que la porte ne s'envole les jours de grand vent. Ne riez pas, c'est déjà arrivé. Mais vous êtes trop jeunes pour vous souvenir de ça. C'est de la très vieille histoire. Et puis, vous n'êtes pas là pour m'entendre raconter ça. Avant toute chose, cependant, avez-vous un rendez-vous pour vous présenter ainsi au *P.D.S.*?

Je m'empresse de lui fournir une réponse convenable. Je me suis promis de réagir promptement à toutes les situations de la journée. Ne jamais oublier: S.O.S.

— Bien sûr, puisque nous sommes là. Nous nous sommes rendus, nous sommes donc au rendez-vous.

Je sens que mon argumentation est boiteuse. Tout de même, le portier me sourit. Il est d'ailleurs fort sympathique, cet homme.

Il décide alors de m'expliquer brièvement le fonctionnement du *Palais des Décisions Suprêmes*.

— Avant tout, les jeunes amis, il faut assurer le bien-être et le respect de chaque individu. Nous ne pouvons pas permettre à n'importe qui d'entrer. Et encore moins à n'importe quelle heure du jour. Ce sont des personnes très occupées qui siègent au *Conseil des Adultes Responsables*. Souvent, elles manquent de temps pour régler toutes les choses sérieuses qui se présentent chaque jour. Alors, pour les problèmes d'enfants, je ne vois pas...

Indignée, je lui coupe la parole.

— Mais c'est sérieux. Ce qu'on a à demander est même très sérieux.

— Je comprends que ce soit très sérieux pour vous deux, explique encore le portier. Ça me fait beaucoup de peine mais je ne peux vraiment pas vous laisser passer. La règle est très stricte: il faut absolument prendre un rendez-vous et revenir au moment précis que l'on vous fixera. C'est la seule manière de pouvoir rencontrer le *C.A.R*.

Je ne me tiens pas pour battue et renchéris.

— C'est aujourd'hui notre journée pédagogique. En plus, nous sommes déjà là. Il me semble que c'est simple. Juste un petit effort. Il y a sûrement moyen d'arranger ça, monsieur le portier.

— Monsieur Laporte, appelez-moi Laporte. Je sais que ce n'est pas très original de s'appeler Laporte et d'être portier. Mais c'est ainsi. J'adapte toujours mon nom à l'emploi que j'exerce. J'ai déjà été électricien et je me nommais Lalumière. Quand j'ai été bûcheron, je suis devenu Laforêt. Tour à tour, ce furent Lajoie, Lavigueur, Latendresse, Larue, Lagacé, Lamontagne et bien d'autres. Vu que je change souvent de travail, mon nom n'est jamais le même bien longtemps. Vous savez, dans une vie antérieure, si on croit à ça, je devais sûrement être un caméléon...

Pendant qu'il raconte cela, je m'éloigne peu à peu du bon monsieur Laporte. Heureusement, Simon comprend très vite mon stratagème. Il montre un intérêt accru aux propos du portier. Il l'encourage même à ajouter toutes sortes de détails à ses anecdotes en lui posant une foule de questions. Peu à peu, il arrive ainsi à capter toute son attention. Et monsieur Laporte ne me remarque plus.

J'en profite pour m'éloigner. Je me dirige vers les différentes salles. Au-dessus de l'une des portes, il y a l'inscription: *Musée des Horaires*. Ce n'est pas ce que je cherche. À la porte suivante, la chance me sourit. En effet, je me retrouve en face de la salle des *Conférences sérieuses seulement*.

Je dois être prudente pour ne pas rater mon entrée. Monsieur Laporte est complètement absorbé dans sa conversation avec Simon. Cette fois, Simon est à la hauteur de la situation. Je suis prête, je fonce. Au grand étonnement du Conseil je surgis dans leur grande salle de réunions.

Le plus difficile est fait: me rendre jusqu'à eux.

Le plus intéressant reste à faire: leur dire ce que je veux.

Chapitre V

Ce n'est pas le temps de m'énerver. Jusqu'ici, tout va comme prévu. Je ne pouvais espérer mieux. Pourtant, tous ces regards qui se fixent subitement sur moi arrivent à me troubler. Si près du but, je ne vais tout de même pas me dégonfler. Je m'en voudrais trop. Dans ce genre de situations, l'important est de ne pas se laisser intimider. Même s'ils sont plus nombreux que moi, je dois soutenir leurs regards. À tout prix.

En les regardant à mon tour, je prends le temps de les détailler. Ils sont cinq autour de la longue table en forme d'oeuf. Devant eux, sur une plaquette, leur nom est indiqué. Je parcours les inscriptions: Gérard Menvuça, Jean Daffaire, Claire Saint-Dicat, Alain Boutatout et Octave Viens-Deloin. Quatre hommes et une femme. Si je me fie à la grandeur de leur table, ils sont habituellement plus de cinq à siéger à la salle des *Conférences sérieuses seulement*. Mais je ne me plains pas des absents. Cinq, c'est bien suffisant pour aujourd'hui.

Je n'arrive pas à dire un mot. Eux non plus, d'ailleurs: ce qui ne rend pas la communication facile. Claire Saint-Dicat, la présidente de leur comité, se décide enfin à réagir. À mon grand soulagement, elle m'adresse la parole.

— Es-tu perdue, ma petite?

Madame Saint-Dicat aurait dû se tourner la langue sept fois avant de me poser une question aussi insignifiante. Je n'hésite pas à lui répondre sèchement.

— Premièrement, je ne suis pas petite. Et deuxièmement, je suis loin d'être perdue. Je suis ici pour vous parler.

À ce moment-là, revenu de sa torpeur, monsieur Laporte fait irruption dans la salle. Il est suivi d'un Simon qui semble bien agité. Respectueusement, le portier s'adresse aux membres du comité. Il se confond en excuses et leur promet qu'un tel incident ne se reproduira plus. Ensuite, il se tourne vers moi et m'invite à le suivre sagement hors de l'enceinte. Il m'explique que la blague est de très mauvais goût. Tout en me parlant, il s'approche de moi. Quand il tente de me saisir le bras, je me précipite sous la table en criant à tue-tête.

— Non, jamais, vous m'entendez, jamais! Je ne sortirai pas d'ici tant que je n'aurai pas expliqué pourquoi je suis venue. Il me semble que ce n'est pas si compliqué que ça d'écouter quelqu'un.

Le bon monsieur Laporte commence à s'impatienter. Je le comprends, il fait son métier. Il me lance un nouvel ultimatum.

— Il me semble que j'ai été clair. Pour rencontrer le comité, il faut prendre un rendez-vous. Pour la dernière fois, écoutez-moi bien: vous allez être une gentille petite fille et sortir immédiatement de là. Sinon, vous l'aurez voulu, je vais vous chercher moi-même.

Je ne réagis pas aux derniers propos du portier car je n'ai pas l'intention de céder. J'aperçois alors monsieur Laporte, à quatre pattes, qui se dirige vers moi. Je suis jeune et vive. C'est un avantage quand on est prisonnière sous une table. En quelques secondes, à la surprise des membres du comité, j'apparais sur leur table de réunion remplie de paperasse. Debout, fièrement, je proclame ma détermination.

— Mais allez-vous enfin m'écouter, je n'abuserai pas de votre temps. Je ne veux pas exagérer. Juste quelques minutes pour vous parler de certaines petites choses qui me tiennent à coeur.

Mon audace finit par porter des fruits. Je vois que, sous sa grosse moustache, monsieur Gérard Menvuça commence à me sourire. Tout en enlevant lentement ses lunettes, il propose de m'écouter.

— Comme quelqu'un l'a si bien dit avant nous tous, la vérité sort de la bouche des enfants. Alors, écoutons-la pour voir. Après tout, nous n'avons rien à perdre.

Ce n'est pas l'avis de monsieur Boutatout. Tandis qu'il gratte son crâne à demi dégarni, il réplique vivement à son collègue.

— Mais vous n'y pensez pas, Menvuça, on n'a pas le temps de perdre notre temps. Si on commence à écouter les enfants, on n'en sortira jamais. Voyons, un peu de sérieux, tout de même. À ce que je sache, nous ne sommes pas payés pour faire de la poésie. Non, nous sommes là pour prendre des décisions. En plus, on est déjà en retard sur l'horaire prévu. Et vous savez comme moi, mon cher Gérard, que le comité du *Musée des Horaires* n'aime pas beaucoup que l'on prenne du retard. Alors, au boulot. Et sérieusement.

Pendant cette discussion, monsieur Laporte n'est pas resté inactif. Délicatement, il m'a rejointe sur la table. Avec d'infinies précautions, je le vois s'approcher de moi. Suivant mon habitude, je décide d'attendre à la dernière seconde pour m'esquiver. Comme il s'apprête à me mettre le grappin dessus, on entend un violent craquement.

C'est simple: le poids conjugué de deux personnes sur une longue table peut provoquer des surprises désagréables. Après avoir craqué, la table se fend aussitôt en deux. Fort heureusement, personne ne se blesse. La paperasse vole un peu partout.

La salle de conférences a vite l'air d'un véritable champ de bataille. C'est le grand désordre. Tout en se dégageant, monsieur Boutatout vocifère. Il est au comble de l'indignation.

— Et qui va payer cette table maintenant?

Je lui réponds aussitôt que je suis prête à la payer. Je vois alors son visage devenir aussi rouge vin qu'une betterave. Il manifeste de plus belle sa profonde irritation.

— Et je parie que vous allez voler l'argent à vos parents. À vos propres parents, qui doivent durement gagner leur vie, comme moi d'ailleurs...

— Mais je ne suis pas une voleuse, détrompez-vous. Je suis prête à travailler. Trouvez-moi un emploi: je pourrai alors gagner de l'argent et vous payer votre précieuse table. Moi, je ne demande pas mieux que de me faire un salaire.

— Vous trouver un emploi? Je rêve. Dites-moi que je rêve, quelqu'un. Si ce n'est pas un cauchemar, c'est que nous vivons ce matin dans un monde de fous.

En se relevant péniblement, il continue à me regarder. Alors brusquement, il pointe son index vers moi et recommence à crier.

— Et puis, j'y pense, que faites-vous ici? Il me semble que vous devriez être à l'école. À votre âge, c'est ça votre emploi. D'ailleurs, je vais porter plainte à votre directeur d'école qui n'a pas l'air de bien faire son travail. Ouste, à l'école, la marmaille, et que ça saute!

C'est le moment que choisit madame Saint-Dicat pour venir à ma rescousse.

— Excusez-moi, mon cher collègue, mais c'est une journée pédagogique aujourd'hui. Et comme vous le dites si bien, la marmaille est un peu partout. Il va bien falloir vivre avec ça toute la journée. Qu'on le veuille ou pas, Alain Boutatout.

Pendant le dernier échange, Simon s'est approché de moi pour m'inviter à quitter les lieux. Il me saisit le bras et m'entraîne vers la sortie. Il a l'air surpris que je n'offre aucune résistance. Quand vient le moment de franchir la porte je refuse de quitter les lieux. Du moins pour l'instant.

— Je n'ai pas fini, Simon. Mais sois patient, je n'en ai plus pour bien longtemps. Ouvre grands tes yeux et tes oreilles, tu vas assister à quelque chose d'unique en son genre.

— Ani, tu ne trouves pas que c'est assez

pour aujourd'hui? On devrait s'en aller, et vite.

— Non, pas tout à fait assez. Regarde et écoute bien.

Je suis sûr que Simon sera fier de moi. Il ne regrettera pas d'avoir patienté. Moi, l'audacieuse Ani Croche, je vais maintenant m'exécuter. Je fouille dans mon sac et en sors une perruque rose et mauve. Ensuite, je commence à retirer mes vêtements. Simon rougit. Il s'imagine sûrement que je veux faire un strip-tease. Mais non, Simon, sous mes vêtements, je porte un collant rose.

J'ajuste ma perruque et je m'installe bien droite devant la porte des *Conférences sérieuses seulement*. Je commence à fredonner une petite chanson. Au début, c'est aussi pompeux qu'un hymne national. Puis, peu à peu, je tape dans mes mains et je me déhanche doucement. À mesure que ma chanson progresse, les mots deviennent plus précis. J'aime Cyndi Sanspeur et Diane Lafrêle et je veux que ça paraisse. Je plonge dans ma *Ballade des plaisirs de la vie*. Avec toute la vigueur de ma jeunesse.

Ballade des plaisirs de la vie

Les dix-huit ans tu n'attendras pas
Pour vivre passionnément

Tous les films tu verras
Pour les raconter souvent

Tu parleras tant que tu voudras
Pour le plaisir évidemment

Tu chanteras ce qu'il te plaira
De tout ton corps présent

Oui de bon coeur tu diras
Et non tout aussi souvent

La liberté tu choisiras
Pour le plaisir évidemment

Aux arcades tu t'amuseras
De tout ton coeur joyeusement

Les discothèques tu fréquenteras
Quand bon te semblera

De joie tu te baigneras
Pour le plaisir évidemment

La vie tu aimeras
Pour en jouir pleinement.

Chapitre VI

Mission accomplie.

À la fin de ma chanson, Simon m'applaudit à tout rompre. Il n'est pas le seul à avoir apprécié. Sous l'oeil ahuri des membres du comité, Gérard Menvuça me crie des hourras et des bravos. Sûrement par manque d'habitude, je me sens gênée d'être traitée en héroïne. Quand je suis avec ma mère, c'est toujours elle qui finit par voler la vedette. C'est ainsi. Je pense que Chu Tan Hée, dans une telle situation, serait plus à l'aise que moi. Partout où elle va, on l'acclame et la couvre d'éloges. À la longue, elle à dû se dégêner.

Subitement, j'ai le goût de m'enfuir de là. Tout en enfilant rapidement mes vêtements, je salue une dernière fois mon public. Même si monsieur Boutatout me fusille du regard, il n'arrive pas à m'intimider. Si je veux quitter les lieux, ce n'est pas parce qu'il me fait peur. Au contraire,

il me fait rire avec ses airs de grand patron de la planète entière. J'ai chanté au comité ce que j'avais à dire. Je n'ai donc plus rien à faire au *Palais des Décisions Suprêmes*. Je dois leur laisser le temps de réfléchir à tout ça. On ne sait jamais. Un jour, peut-être, ils prendront de l'avance sur l'horaire prévu. Ils seront alors bien contents que je leur aie fourni de la matière.

— Je compte jusqu'à trois, Simon, et on part en courant. Un, deux, deux et demi, deux et trois quarts…

À deux et trois quarts, je ne peux m'empêcher d'exécuter la plus belle grimace de ma collection. Ça leur fera un charmant souvenir.

— … et trois.

Quelques minutes plus tard, nous arpentons le boulevard Saint-Laurent. Je propose à Simon d'aller dans le quartier chinois Ça sent tellement bon, les mets chinois.

— N'importe où pourvu qu'on puisse se reposer un peu. Tu sais, Ani, je n'aurais jamais pensé que tu pouvais être aussi entêtée. Moi, j'aurais lâché bien avant toi. Pas parce que je suis un lâche. Non, non.

— Voyons, Simon, tu es peureux. Je t'ai vu fuir l'autre jour au lieu de te battre avec Mario Brutal.

— Quand ça?

— L'autre jour, pendant la récréation. Je pense que tu as été sauvé par la cloche. Mario Brutal avait l'air bien décidé à te massacrer.

— Je ne me souviens pas de ça. Tu lis trop de bandes dessinées et tu inventes n'importe quoi pour te rendre intéressante. Voyons donc, comme si j'avais peur de Mario Brutal! Pas une seconde.

Je n'insiste pas. Même si on a peur de son ombre, il est bien difficile de l'admettre. Je ne veux pas humilier Simon. Je sais que les garçons doivent toujours faire semblant d'être courageux. Même et surtout quand ils ne le sont pas. Je ne pense pas que Simon soit un lâche. Une chose est cependant certaine: il est beaucoup moins brave que moi.

Ce n'est pas que je préfère les garçons qui se donnent des allures de super-macho. Non, loin de là. Je trouve néanmoins que Simon devrait foncer un peu plus dans la vie. S'il acceptait de m'écouter aussi, je pourrais l'aider. Son Laurent Outan n'est pas le héros qu'il lui faut. Il est gros et fort mais il manque totalement de ruse et d'imagination. C'est tellement évident qu'il ne va pas à la cheville de Chu Tan Hée. En plus d'être forte et courageuse, elle a de l'imagination à revendre. Toujours, elle fait preuve de débrouillardise. Tandis que son gros Outan a les deux pieds dans la même bottine. Pauvre Simon! Avec un tel héros, il n'est pas sorti du bois.

Nous sommes maintenant à deux pas de la boutique de ma grand-mère Alice. Grâce à un bel écriteau placé au-dessus de la porte, on peut difficilement rater l'entrée du magasin. En effet, une si charmante invitation ne se refuse pas.

Si vous entrez ici
Au Retour du Balancier
vous verrez vite
que les gens heureux ont une histoire

J'ai toujours admiré le sens inné de l'organisation de ma grand-mère. Dès l'ouverture de sa boutique, je m'en souviens bien, il y avait plein de monde. À sa grande satisfaction, les acheteurs éventuels faisaient la queue pour entrer *Au*

Au retour du balancier

Retour du Balancier. Quand Alice leur souriait, ils se disaient que l'écriteau ne leur avait pas menti. Le chagrin ne semble pas avoir de prise sur ma grand-mère. Du moins, jamais longtemps.

Depuis douze ans, ma grand-mère est veuve. J'aurais bien aimé connaître mon grand-père Tandouble Croche mais la vie en a décidé autrement. Ou plutôt la mort. Il travaillait dans une usine qui fabriquait du chocolat. Le beau métier. Vivant, il me serait bien utile, ce grand-père. Selon Alice, Tandouble était un grand blagueur. D'ailleurs, c'est ce qui l'aurait fait mourir dans une bien drôle de situation.

Un jour, à l'usine, Tandouble laisse tomber sa tête dans le chocolat. Croyant à une autre de ses nombreuses blagues, ses compagnons ne réagissent pas et continuent leur travail. Au bout d'une minute, son voisin commence à s'inquiéter. Il abandonne son travail et s'approche de mon grand-père. Quand il lui retire la tête du chocolat, il s'aperçoit que mon grand-père ne respire déjà plus. En effet, cette fois-là, ce n'était pas une blague. Tandouble Croche avait été terrassé par une crise cardiaque.

Moi, la mort ne m'inquiète pas. Je n'arrive pas à m'imaginer que je devrai mourir un jour. C'est trop difficile à comprendre. Même si elle est vieille, je ne veux pas que ma grand-mère meure. Ça me ferait trop de peine. Elle fait partie de ma vie et il serait normal que j'aie mon mot à dire là-dedans. Pas question de la perdre. Elle doit continuer encore longtemps à me dorloter. J'ai besoin d'elle. Je trouve ça injuste de ne pas pouvoir choisir le jour de sa mort. Si je pouvais, je pousserais bien la mort de ma grand-mère jusqu'au jour Jamais de l'année Inatteignable. J'aimerais pouvoir.

À travers la vitrine, depuis quelques instants, Simon et moi surveillons Alice. Elle s'affaire autour de ses nombreuses clientes. Dans sa boutique, elle offre surtout de vieux vêtements. Elle en a tellement qu'elle pourrait organiser un très grand bal costumé dans les rues de Montréal. Quand on a le temps de fouiller, on peut aussi dénicher une foule de petits trésors. On y retrouve, entassés pêle-mêle, des instruments de musique, de la vaisselle, des lampes, des vases ou de vieux livres. Foi d'Ani, il y a de tout chez ma grand-mère Alice. Même ma chère Olivia vient de là.

Tout à coup, ma grand-mère nous aperçoit. Elle abandonne sa clientèle et se précipite à notre rencontre. Elle n'est pas du genre à cacher sa joie.

— La belle surprise, de la grande visite. Quel bon vent amène ma petite Ani?

Un sourire au coin des lèvres, je regarde Simon avant de répondre. Je ne sais trop quoi dire. Pour une fois, Simon prend l'initiative et fournit des explications à ma grand-mère.

— On a congé aujourd'hui et on a eu le goût de venir vous voir.

— La merveilleuse idée que vous avez eue là! Entrez vous asseoir. Je vais aller préparer une bonne tasse de chocolat chaud.

Au moment où l'on s'assoit, une belle grosse horloge grand-père sonne trois heures et demie. Déjà. Quand elle revient de la cuisine, son plateau déborde de bonnes choses. En plus des tasses de chocolat chaud, elle apporte quelques gâteaux, des biscuits et de la tire Sainte-Catherine. Sous le regard amusé de ma grand-mère, nous sautons sur toutes ces gâteries. Après tout, nous n'avons pas beaucoup mangé. Une vraie perle, ma grand-mère. Elle, elle

le sait bien que je ne suis plus une enfant. À dix ans, comme elle le dit si bien, on est une jeune adulte. Pourquoi est-elle la seule à comprendre ça?

À l'horizon, le soleil vient de disparaître. En cette période de l'année, les jours deviennent de plus en plus courts. À peine quatre heures et les lumières sont déjà allumées. À grands pas, l'hiver s'en vient. J'ai hâte de patiner dans le parc Lafontaine. C'est si agréable d'écouter Cyndi Sanspeur tout en patinant. Elle est tellement super.

Avant de retourner à la maison, nous remercions Alice. Elle prend bien soin de nous remplir les poches de tire Sainte-Catherine. Sur un point, Simon et moi sommes semblables: nous ne refusons jamais les cadeaux. Surtout les cadeaux sucrés. Elle nous invite à revenir la voir plus souvent.

— *Au Retour du Balancier*, vous êtes chez vous. La prochaine fois, j'essaierai de vous parler plus longtemps. Je suis sûre que vous comprenez ma situation. Dans un commerce, quand les clients sont là, je dois m'en occuper. Autrement, c'est la faillite. N'oubliez jamais ça, mes jeunes amis, les clients ont toujours raison. Surtout quand ils ont tort. Et croyez-moi, ça arrive très souvent. Allez, à la prochaine. Et n'oubliez surtout pas de rêver à la grand-mère Croche. Vous verrez, ça vous portera chance.

Sur le chemin du retour, nous passons devant la cour d'école.

Elle est déserte.

Je ne m'ennuie pas avec Simon mais je commence à avoir le goût d'aller raconter ma journée à Olivia. Elle sera contente que je lui parle de grand-mère Alice qui l'a hébergée pendant quelques mois. Elle a eu le temps de s'attacher à elle.

Quand je leur raconterai ma visite au *Palais des Décisions Suprêmes,* Olivia et Chu Tan Hée seront fières de moi. J'ai hâte aussi de retrouver mon journal personnel. Il me semble que j'aurai beaucoup de choses à lui confier.

Nous sommes presque rendus quand il commence subitement à pleuvoir. Avant de me quitter, Simon s'approche de moi et me glisse à l'oreille:

— Avec toi, Ani, tu sais, on ne s'ennuie vraiment pas.

Au fond, Simon a raison. À bien y penser, c'est un garçon gentil et attachant.

Ce n'est pas le grand amour mais je l'aime bien. On verra.

Dans un mois, ce sera Noël.

Je l'inviterai peut-être. À la condition qu'il cesse de me parler de cet imbécile de Laurent Outan. Il n'est pas et ne sera jamais aussi intelligent et rusé que Chu Tan Hée. Un point, c'est tout.

Chapitre VII

Ça y est.

Pour l'instant, c'est terminé. Je n'ai vraiment rien d'autre à ajouter. Presque rien. Peut-être seulement un détail sans grande importance. J'hésite à vous le raconter. Ce n'est pas très intéressant.

Et puis, non. Allons-y, même si ce n'est pas réjouissant. Au point où j'en suis, aussi bien être franche. Depuis quelques jours, ça ne va plus du tout entre Simon et moi. À cause de lui et de Charlotte Russe qui est la fille la plus énervante que je connaisse.

L'autre jour, dans la cour de récréation, je me suis approchée d'eux. Ils semblaient avoir beaucoup de plaisir et fabriquaient un bonhomme de neige. J'ai voulu me joindre à eux. Ils continuaient à rire ensemble comme si je n'étais pas là. Quand elle rit, la Charlotte Russe, on peut sûrement l'entendre jusqu'à Moscou. N'allez pas vous imaginer que je suis jalouse d'elle. Non, je

plains seulement Simon d'avoir à endurer une telle peste.

Quand j'ai vu ça, j'ai décidé d'aller jouer avec Mario Brutal. Je l'ai rapidement convaincu de faire un bonhomme de neige. À tout prix, il devait être plus gros et plus beau que celui de Simon et de Charlotte. Du coin de l'oeil, je surveillais leur réaction. De leur côté, rien ne semblait les déranger. Ils continuaient de m'ignorer. D'ailleurs, leur bonhomme ne grandissait pas très vite. La plupart du temps, ils se chamaillaient dans la neige. Comme des vrais bébés.

Quand la cloche a sonné, il n'y avait pas de doute possible. Mario et moi avions le plus beau et le plus gros bonhomme de neige de toute la cour de récréation. Il y avait de quoi être fier. Mais je n'arrivais pas réellement à l'être. Surtout que Simon ne l'a même pas regardé.

Revenue en classe, j'ai tenté d'être gentille avec Simon. Je lui ai prêté ma gomme à effacer et un de mes crayons. Là, j'en suis sûre, il a fait exprès de m'insulter. Imaginez. Avec mon crayon, il a écrit un mot à la Charlotte Russe. Ensuite, il m'a souri. Comme si de rien n'était. Je lui ai aussitôt arraché mon crayon. Il y a des limites à faire rire de soi.

Ce jour-là, après l'école, j'ai demandé à Mario Brutal de venir me reconduire chez moi. En chemin, nous avons rencontré Simon. Mario a levé le poing et Simon s'est aussitôt sauvé. À l'avenir, il ne pourra plus me dire qu'il n'est pas un peureux. En riant de lui, j'ai crié très fort:

— Va chercher ta Charlotte Russe pour qu'elle vienne te défendre!

De son côté, Mario ne cessait de répéter:

— Peureux! Peureux! Peureux!

C'était drôle. Vraiment très drôle.

À ma surprise, le lendemain matin, j'avais un nouveau voisin de classe. Mario Brutal avait pris la place de Simon. Il était maintenant assis à l'arrière, juste à droite de Charlotte Russe. Je n'ai jamais souhaité que les choses en arrivent là. Tout ça n'était qu'un jeu. Simon aurait bien dû le comprendre. À cause de lui, je me retrouve avec Mario Brutal comme voisin.

À vrai dire, je n'aime pas tellement Mario Brutal. Il passe son temps à dire toutes sortes de niaiseries. Et puis, il ne sait jamais rien. Il cherche donc toujours à copier mon cahier. Ça devient fatigant. Décidément, il manque de délicatesse.

L'autre jour, il m'a même offert avec fierté de continuer à mâcher sa gomme. Ce n'est pas le pire. Non, le pire c'est qu'il pue des pieds. Si, au moins, il gardait ses souliers. Mais c'est loin d'être le cas, parole d'Ani Croche!

Me voilà dans de beaux draps!

Il n'est pas facile de se débarrasser d'un garçon comme Mario Brutal. Il est amoureux de moi et veut battre tous ceux qui osent me regarder. À part lui, plus personne ne me parle. Et il n'a pas une conversation très variée. Alors, de temps en temps, je m'ennuie de Simon. Non pas que je sois en amour avec lui. Mais je dois admettre une chose: j'aime mieux Simon que Mario Brutal qui est aussi collant que son éternelle gomme à mâcher.

Pour me sortir de ce pétrin, j'aurais besoin de toutes les ruses de Chu Tan Hée. Si je ne réagis pas, je vais mourir asphyxiée. Les pieds de Mario Brutal vont avoir ma peau. Si Simon était moins peureux aussi, il pourrait se battre. Ça réglerait mon problème. Tout ça, c'est à cause de Charlotte Russe. La chipie. Elle peut bien rire dans son coin. Je saurai me venger. En temps et lieu. Je n'ai pas encore dit mon dernier mot.

Une chose est maintenant claire. À part Olivia et Chu Tan Hée, personne ne m'aime et ne me comprend vraiment.

Elles sont mes vraies amies.

Les deux seules.